Beiträge zur deutschen Leitkultur -

eine nonsensverdächtige Annäherung

von

Johann Henseler

©Johann Henseler, Körnerstr.20, 40721 Hilden,

email: johann.henseler@t-online.de

Herstellung und Verlag: BoD-Books on Demand, Norderstedt

ISBN 978-3-7460-1056-4

Inhalt

Zur tieferen Bedeutung des deutschen Volksliedgutes (Dokumentation einer imaginären Tagung):

Zur tieferen Bedeutung des deutschen Volksliedgutes (Dokumentation einer imaginären Tagung)

Erster Vortrag

Sehr verehrte Damen und Herren!

Mein Name ist Hans Henscher. Ich bin ordentlicher Professor am hiesigen Forschungszentrum zur Erforschung von Unwesentlichem und habe als solcher die Ehre, diese Veranstaltung zu eröffnen.

Es geht um die Interpretation des Liedes „Hänschen klein". Dieses Lied ist aus marginaltheoretischer Sicht unverzichtbarer Bestandteil der Forschung, aber auch die breite Öffentlichkeit setzt sich im Rahmen der Diskussion über die deutsche Leitkultur mit ihm auseinander.

Darum hören Sie zunächst zwei wissenschaftliche Vorträge, dann folgen Einschätzungen durch Vertreter von Parteien.

Der erste wissenschaftliche Vortrag liegt wegen seiner herausragenden Bedeutung auch in englischer Fassung vor.

Den ersten wissenschaftlichen Vortrag habe ich die Ehre zu halten. An den Anfang stelle ich als Motto den unvergleichlichen Liedtext.

„Hänschen klein"

Hänschen klein ging allein
in die weite Welt hinein.
Stock und Hut stehn ihm gut,
wandert wohlgemut.

Doch die Mutter weinet sehr,
hat ja gar kein Hänschen mehr.
„Still, Mama, ich bin da!",
ruft das Hänschen, „hopsasa!"

„Hänschen klein": Lassen Sie zunächst diese Worte der Weltliteratur auf sich wirken… Noch den abgebrühtesten Übeltäter, noch den mit allen Wassern gewaschenen Schurken, noch den gewissenlosesten Lebemann rühren diese beiden Worte bis in die Tiefen ihrer verstockten Seele, weil sie in die Seele eines jeden eindringen. Sind diese beiden Worte nicht Ausdruck eines unendlichen Sehnens, ein unschuldiges Kind zu beschützen, das den Allerweltsnamen Hans trägt, ein Name, der gerade wegen seiner Unscheinbarkeit zum Sinnbild aller Menschen wird?

Die Verkleinerung „chen" zeigt das schutzlose In-die-Welt-Geworfensein des Kindes, und das angeschlossene „klein" zeigt deutlich die Fragilität seines Seins.

Was ist nun mit diesem Menschlein, das für uns alle steht?

Es bleibt nicht bei der behütenden Mutter oder beim liebevollen Vater, sondern es „ging allein", einsam und nur auf sich gestellt, ins Unbekannte, „in die weite Welt". Was mag in der Seele dieses verlassenen Kindes vor sich gehen? Wie gerne möchten wir ihm helfen, denn auch wir fühlen uns oft den Unbilden des Schicksals schutzlos ausgesetzt.

„Stock und Hut" dienen dem Protagonisten zur Wehr und zum Schutz, und trotz allem hat er sein ästhetisches Gefühl nicht verloren; er achtet darauf, dass Wehr und Schutz ihn kleiden, sie „stehen ihm gut". Erschüttert stehen wir vor der Tatsache, dass dieses unerfahrene Kind unbekümmert ist und „noch frohen Mut" hat, trotz der ihm drohenden kosmischen Gefahren.

Nun kommt das große „Aber": Der Protagonist ist nicht allein auf der Welt, es gibt liebende Seelen, deren Prototyp die Mutter ist, und diese wird liebevoll „Mama" genannt, so wie auch mancher von uns es tat, als er Kind war.

Und diese sich sorgende Mutter bricht in Tränen aus, sie „weint so sehr", weil sie die Abwesenheit ihres Sohnes als dessen Existenzverlust deutet: „Hab ja gar kein Hänschen mehr!" Der Sohn, welcher das Trauern wohl geahnt haben mag, kehrt zurück, und mit einem tröstenden „Still, Mama! Ich bin da!" hat er die Herzensängste seiner liebenden Mutter besänftigt.

Das äußert sich in dem geradezu entfesselten Ruf „Hopsasa!", der auch unsere Seele mithüpfen lässt oder uns sogar so ergreift, dass wir am liebsten freudig wie Hänschen herumtanzen möchten.

Meine Damen und Herren! Ich hoffe, sie sind mit mir einer Meinung, dass es nicht verwunderlich ist, dass dieses Lied mit seiner tiefen Bedeutung zum Prototyp der Seelenäußerung unseres Volkes geworden ist.

Ich danke Ihnen und bitte ich Sie nun, sich von Ihren Sitzen zu erheben, und hymnisch mit mir einzustimmen: „Hänschen klein…"

Zweiter Vortrag

Sehr verehrtes Publikum!

Ich darf mich vorstellen: Mein Name ist Dr. ipse nominatus Jean-Baptist Hensebier. Ich bin Privatdozent an der Vochemer Hochschule für angewandte Ignoranz.

Der Titel meines Vortrages im Rahmen dieser Veranstaltung lautet:

„Hänschen klein" im Lichte der neueren Forschung- eine Antwort auf Hans Henscher

Wenn man einen guten zeitgenössischen Beleg für die Erkenntnis von Marx sucht, dass das Sein das Bewusstsein prägt, so findet sich dieser Beleg in der Interpretation unseres Untersuchungsgegenstandes durch die bürgerlich-konservative Ordinariats-Professorenschaft, hier vertreten durch den Vorredner Hans Henscher.

Henscher ist ein typischer Vertreter des „Verstehen"-Dogmas,

- dessen Methode sich des selbstreferentiellen hermeneutischen Zirkels bedient,
- dessen Sprache, geschult am Jargon der Eigentlichkeit von Heidegger, die verschwurbeltsten Formulierungen präsentiert,

- dessen analytische Unreflektiertheit, vermischt mit einem melodramatischen Tremolo, subkutan völkischen Parolen Vorschub leistet.

Die historisch-kritische Forschung hat dagegen zu Ergebnissen geführt, deren ausführliche Darstellung einer größeren wissenschaftlichen Publikation vorbehalten bleiben soll.

Das angekündigte Werk heißt: Jean-Baptist Hensebier: Die Befreiung des Hänschens. Ein Beitrag zur Entmythologisierung von Symbolen bürgerlicher Ideologien.

In der gebotenen Kürze lässt sich vorläufig Folgendes sagen:

Beim „Hänschen" handelt es sich um ein Kind, das aus seelisch-körperlicher Not seinen häuslichen Verhältnissen entflieht. Trotz seines zarten Alters begibt es sich ins Ungewisse, was wiederum das Ausmaß seiner seelischen Belastung unterstreicht. Aber gleichzeitig erlebt das Kind die spontane Entscheidung als Befreiung.

Der weitere Liedtext verrät die Ursache der psychologischen Zwangslage. Die übergroße Bindung an die Mutter offenbart den Ödipus – Komplex des Jungen, aber auch die inzestuöse Zuneigung seiner Mutter zu ihm. Das Kind will allem durch Ortswechsel entfliehen.

Doch seinem Innern kann man durch äußerliche Maßnahmen nicht entfliehen, und so kehrt auch das Kind zurück, zumal es gehört hat, dass die geliebte Mutter unter der Trennung leidet.

Doch bei seiner Rückkehr möchte er wieder das schutzlose Baby sein, das an der Mutterbrust gestillt wird. So ist die Aufforderung von Hänschen an seine Mutter: „Still, Mama!", ihn also wie ein Baby zu stillen, eine durch Kindlichkeit nur schlecht kaschierte Aufforderung zu sexuellen Handlungen. Diese werden offensichtlich vorgenommen, wie der anschließende Gefühlsausdruck im orgiastischen „Hopsasa!" nahelegt.

Der historisch-kritischen Forschung ist es damit gelungen, das „Hänschen" aus dem idealisierten Wolkenkuckucksheim reaktionärer Lakaien des Bürgertums zu befreien und es auf die Füße der Realität zu stellen.

Meine Damen und Herren! Ich bedanke mich für ihr Interesse und möchte zum Abschluss an ihre Kreativität appellieren.

Die musikalische Form des Liedes bedarf natürlich auch einer zeitgenössischen Interpretation.

Zögern Sie nicht, Ihre Gefühlsregung in eine individuelle musikalische Schöpfung einfließen zu lassen, vielleicht in der Art, wie ich es nunmehr vorführe.

„Hänschen klein…"

Statements der Parteien

CSU: Hänschen ist ein Naturbub, der für sein Leben gern wandert. Er hat ein lohnendes Ziel und gute Laune. Offensichtlich ist Hänschen ein junger Bayer, der eine längere Wanderung, wahrscheinlich von der Alm, unternommen hat, um in einem Dorf in die CSU einzutreten. Als heimatverbundener Bayer kehrt er bald zur Mutter zurück und gibt seiner Freude Ausdruck, indem er einen Schuhplattler in seinen Krachledernen tanzt, und daher „hopsasa!" ruft. Hänschen ist also ein Vorbild für die heutige Jugend. Wie er, soll sie sich schon früh in unserer Partei engagieren.

CDU: Hänschen zieht in die weite Welt. Damit ist Hänschen ein lebendiger Beweis für unser weltoffenes und friedenförderndes Land, und Hänschen versteht sich als unser aller Botschafter. Er bejaht die Globalisierung, aber bleibt seinem Ursprung verbunden. Denn er kehrt zurück, als er durch die modernen Kommunikationsmittel, für deren Ausbau unsere Partei sich immer eingesetzt hat, erfährt, dass seine Mutter depressiv ist. So ist Hänschen ein Abbild der modernen Jugend, die weltoffen und heimatverbunden, christlich und fröhlich ist und in unserer christlichen Partei politisch verantwortlich handelt.

SPD: Nach Sichtung unseres Parteiarchives scheint es ein Lied aus der Parteijugend zu sein, das die Abspaltungen von der Partei thematisiert. Natürlich hat dieses Verlassen die „Mutter", also die Mutterpartei, tief getroffen. Doch wie auch schon früher in der Geschichte, so werden auch dieses Mal die Abtrünnigen bald reumütig zu ihrer Heimat, der SPD, zurückkehren, und die Freude darüber wird groß sein.

Das Lied stellt also eine Aufforderung dar, sektiererische Alleingänge zu unterlassen und ruft zur Einheit der Partei auf.

Die Linke: Das Lied ist uns nicht bekannt. Und wäre es uns bekannt, würden wir uns nicht damit beschäftigen. Uns scheint es viel interessanter zu sein, welche Honorare hier gezahlt werden. Unserer Partei ist kein Honorar angeboten worden, zumindest kein bedeutendes. Wir verlassen also unter Protest die Veranstaltung, in der sich die Veranstalter, wie auch sonst, selbst bedienen und in die eigene Tasche wirtschaften.

Die Grünen: Hänschen macht es uns vor: Er benutzt kein umweltschädliches Fortbewegungsmittel, sondern bewegt sich selbst in der freien Natur. Nationaler Chauvinismus ist ihm fremd, er ist Weltbürger. Er ist einfach und zweckmäßig gekleidet, trotz oder wegen des Fehlens von modischem Firlefanz dennoch geschmackvoll. Er ist auch gut gelaunt, weil seine Ausstattung aus fairem Handel stammt. Seine Kleidung enthält keine schädlichen chemischen Substanzen, die eine Langzeitbedrohung für sein weiteres Leben sind. Er kehrt nach Hause zurück, kulturell bereichert, wahrscheinlich auch mit einer Lebensgefährtin aus einem anderen Kulturkreis. Das legt das freudige „Hopsasa" nahe, ein Begriff für eheliche Sexualität aus der Sprache der nordamerikanischen Hopi-Indianer.

So ist Hänschen ein junger Bürger, der unsere Gesellschaft bunter macht und der ein guter Vertreter der Willkommenskultur in unserem Multi-Kulti-Land ist.

AfD: Es ist mal wieder typisch, dass unsere Partei als letzte ihre Meinung kundtun soll. Zunächst könnte man denken, dass Hänschen ein Flüchtling sei, der die Meinung der AfD widerspiegelt, weil er wieder nach Hause geht. Intensive Lektüre in den sozialen Medien hat aber ans Licht gebracht, dass der heutige Text eine bewusste Fälschung ist, also Fake-News der

Lügenpresse, von den Altparteien ersonnen, um ein schon existierendes Lied der AfD aus den von den Altparteien kontrollierten Medien zu verdrängen und damit das Denken des Volkes zu beeinflussen.

Deswegen präsentieren wir jetzt den AfD-Originaltext. Es wird der Text der zukünftigen Parteihymne sein. Er lautet:

Adolflein,
Nicht allein,
Würd´ heut´ Afd ´ler sein!
Seine Wut
Steht ihm gut
Macht uns frohgemut.

Mama Merkel weinet sehr:
Der Lügenpress´ glaubt keiner mehr!
„Still Mama!
Adolf ist wieder da!"
Ruft der Führer.
Hurra, Hurra, Hurra!

"Little John" - An example of world's literature
by John Johnson (Hans Henscher)

Little John

Little John
Went to roam
In the wide world
all alone.

Staff and hat
Don´t suit bad
He is feeling glad.

But his Ma cries on and on:
"I have lost my little John!"
"Stop your tears!
 No more fears!",
Little John shouts
"Cheers!"

"Little John": Would you please give these two words of world's literature the chance to trickle down into your heart...Even the most hard-nosed wrongdoer, even the smartest villain, even the most conscienceless rake is touched in the depth of his obdurate soul, because those very words conquer everybody's soul even our own. Aren't those words the expression of an overwhelming wish to offer shelter to an innocent child that has this everybody's Christian name "John", a name, which, even due to its insignificance, turns out to be a symbol of all human beings?

The word "little" demonstrates the unprotected being-thrown – into – the - world of the child and reveals the fragility of his existence.

What is going on with this little human being, who is a symbol for all of us?

He doesn't stay at home together with his loving parents. No, he is "all alone", lonesome and relying upon nobody but himself in this alien world. Which storms of doubt may rage in the soul of this lost child? We all feel our decision to help him because we ourselves often feel in our lifetime that we are as lonesome and weak under the threat of a merciless fate.

"Staff and hat" are what he owns to defend and protect himself, and despite his hopeless situation he hasn't lost his aesthetical feeling, he has chosen both of them in order to suit him. Dumbstruck we accept the fact that this child is even "glad" despite the threat of cosmological dangers.

A big "but" in the lyrics reminds us that he isn't abandoned. There are loving souls, of whom the mother is the symbol of unconditional and unlimited love, and she is called "Ma", like many of us called our own mothers, when we were children.

This mother, who wants to look after her son, bursts out in tears, because she interprets the absence of her son as the end of his physical existence, and her endless weeping may be explained by her fear that she has perhaps done something wrong to her son without being aware of it. But her son loves her, too, and in his soul he feels the mourning and desperation of his beloved mother and so he decides to return to soothe the angst of her heart.

This is expressed by the term "Cheers", which makes even our souls leap, so glad we are that his journey has ended happily.

Ladies and Gentlemen!

I hope you agree when I declare this little song to be an example of mankind's love, and so I ask you to rise from your seats and join me in singing this hymn with deep emotion:

Little John....

Weitere wissenschaftliche Beiträge

Alle meine Entchen

Von Phallentin Stenz

Alle meine Entchen
schwimmen auf dem See,
Köpfchen in das Wasser,
Schwänzchen in die Höh!

Um den eigentlichen Sinn des kindlich wirkenden Liedes zu erschließen, bedarf es in diesem Falle nicht viel Phantasie. Die letzte Zeile bezieht sich nämlich in unverblümter Weise auf den sexuellen Erregungszustand eines Mannes, was den Schlüssel zum weiteren Textverständnis darstellt.

Die Formulierung „Alle meine Entchen" zeigt einen überdeutlichen Besitzanspruch, verbunden mit einer absoluten Verfügungsgewalt über eine Schar weiblicher Lebewesen, die in diesem Zusammenhang nur die sexuell ausgebeuteten Frauen eines geschäftstüchtigen Zuhälters sein können.

Dieser stellt die Schar seiner Abhängigen in voyeuristischer Weise zur Schau, indem er sie, wahrscheinlich unbekleidet, im See schwimmen lässt. Im Text heißt es jedoch „auf dem See", ein grammatikalischer Fehler, der keinem Muttersprachler unterlaufen wäre.

Der ausländische Liebesdienstanbieter verfügt nicht über ein Haus, in dem er seinem Geschäft des Bordellbetriebs nachgehen kann, er befindet sich also in einer ernsten Konkurrenzsituation. Daraus resultieren das Versprechen erfüllter sexueller Begierde, wie es in der letzten Zeile deutlich wird, sowie das Angebot, das „Köpfchen in das Wasser" zu stecken. Dabei ist das russische Wort Wodka, also „Wässerchen", ins Deutsche übersetzt worden, ohne den Diminutiv zu übernehmen, eine zweite sprachliche Schwäche im Text. Dennoch wird dem Kunden deutlich, dass ihn zusätzlich zum Liebesangebot noch ungehemmter Alkoholgenuss erwartet.

Interessanterweise wird der Diminutiv bei der Formulierung „Schwänzchen" doch benutzt, wahrscheinlich um auch von der Natur wenig Bevorzugten die Scheu zu nehmen und sie somit im harten Konkurrenzkampf als Kunden zu gewinnen.

Das Lied ist also ein Werbesong eines russischen Wanderpuffs. Das Lied kann als Gegenstück zum

Werbelied deutscher etablierter Bordelle gelten. Diese bedienten sich meist folgenden Werbesongs:

Es tanzt ein Bi-Ba-Butzemann
In unserm Haus herum, widebum,
Es tanzt ein Bi-Ba-Butzemann
In unserm Haus herum.

Er rüttelt sich, er schüttelt sich,
Er wirft sein Säckchen hinter sich.
Es tanzt ein Bi-Ba-Butzemann
In unserm Haus herum.

Es bleibt der geneigten Zuhörerschaft die Entscheidung darüber überlassen, welchen Werbesong sie als den gelungeneren ansieht.

Alle Vögel sind schon da!

Von Birger Wennmögli (Schweiz)

Alle Vögel sind schon da,
alle Vögel, alle.
Welch ein Singen, Musiziern,
Pfeifen, Zwitschern, Tirilern!
Frühling will nun einmarschiern,
kommt mit Sang und Schalle.

Wie sie alle lustig sind,
flink und froh sich regen!
Amsel, Drossel, Fink und Star
und die ganze Vogelschar
wünschen dir ein frohes Jahr,
lauter Heil und Segen.

Was sie uns verkünden nun,
nehmen wir zu Herzen:
Wir auch wollen lustig sein,
lustig wie die Vögelein,
hier und dort, feldaus, feldein,
singen, springen, scherzen.

Naiv kommt das Lied daher: „Alle Vögel sind schon da!", so als hätte man sie später erwartet und ihr Kommen sei überraschend. Es dürfte jedoch selbst für kleinere Kinder keine Überraschung sein, dass die Vögel im Frühjahr zurückkehren.

Noch befremdlicher wirkt die Versicherung, dass es „alle Vögel, alle" seien. Dem Berichterstatter dürfte es wohl kaum möglich sein, diese Behauptung mit Zahlenerhebungen zu verifizieren.

Nun werden die unbewussten tierischen Laute uminterpretiert in bewusste Äußerungen eines Gemütszustandes, die Tiere „singen", ja sie „musizieren" gar.

Spätestens an dieser Stelle erhebt sich der Verdacht, dass der Schöpfer des Liedes etwas ganz anderes mitteilen will als das, was man auf den ersten Blick zu wissen glaubt. Was will der Autor uns mitteilen? Warum verklausuliert er seine eigentlichen Aussagen? Welche Intention steckt hinter den Ungereimtheiten?

Um diese Fragen zu beantworten, ist es unerlässlich, einen kurzen Blick auf die gesellschaftlichen Verhältnisse zu werfen, die während der Entstehungszeit des Liedes herrschten. Es war die Zeit der Herrschaft der absolutistischen Landesherren, der Fürsten, des Adels, des Klerus. Die weitgehend rechtlosen Untertanen wurden drangsaliert, Menschenrechte, wie Redefreiheit, wurden missachtet, und derjenige, der sie für sich reklamierte, wurde verfolgt und musste um sein Leben bangen.

Es ist also nicht abwegig, den Text nach einer den Herrschenden verborgen bleibenden, den Unterdrückten aber sich erschließenden Botschaft abzuklopfen.

Um der Gefahr der Entdeckung zu entgehen, greift der Autor zu einem Vergleich, der jede Zensurbehörde mit Freude erfüllte und somit die Camouflage perfekt macht: Er lässt den „Frühling einmarschieren", eine Wortwahl, die ihr Bild aus der präventiven Strategie der absolutistischen Machtpolitik entlehnt, bei der das Recht mit Füßen getreten wurde und der gewaltsame Landraub als legitimes Ziel machtbesessener Fürsten ausgegeben wurde. Die Pfeifen und Trommeln der frühneuzeitlichen Fürstenheere werden durch die Formulierung „Sang und Schalle" aufgegriffen.

Die beiden folgenden Strophen beschreiben den Gemütszustand, der sich einstellen soll. Es ist von „lustig sein", „flink und froh sich regen", „tanzen", „singen, springen, scherzen" die Rede, begleitet von Segenswünschen.

Die Betonung dieser seelischen und körperlichen Verfasstheit ist eindeutig und eindeutig ist auch, wann dieser Zustand eintritt: bei orgiastischen Festen mit sexueller Aktivität und ungehemmtem Alkoholgenuss.

Die Obrigkeit übte selbst keinerlei sexuelle Enthaltsamkeit, praktizierte hingegen vor allem durch die Kirche sexuelle Unterdrückung. Das Ausleben grundlegender sexueller Bedürfnisse wurde mit der Drohung der ewigen Verdammnis versehen, vom Klerus gepredigt, dessen Lebenswandel seiner gelobten Enthaltsamkeit des Zölibats in eklatanter Weise widersprach.

Vor diesem Hintergrund eröffnet sich jetzt der eigentliche Text, der von einem aufklärerischen Impetus zeugt, der den Herrschenden gefährlich werden konnte. Er lautet:

„All, die vögeln, sind schon da,

alle vögeln, alle!"

Damit ist klar, dass dieses Recht für alle gilt, auch für die Untertanen, denn sogar der Klerus tut dergleichen.

Nun werden die oben angesprochenen Gemütsäußerungen, wie „flink und froh sich regen", verständlich und auch die Intention der sexuellen Selbstbefreiung wird klar.

Das Lied ist darum als frühes Beispiel eines Widerstandsliedes zu deuten, das in Zeiten entstand, als es noch nicht möglich war, dass die einfachere Bevölkerungsschicht ihr Begehren so unverblümt wie heute äußern konnte: „F….. und besoffen sein - des kleinen Mannes Sonnenschein!"

Ich hoffe, dass Sie sich in dieser Hinsicht keinerlei Beschränkungen auferlegen.

Der Kuckuck und der Esel

Von Sara Karrenmagd

Der Kuckuck und der Esel,
Die hatten großen Streit,
|: Wer wohl am besten sänge :|
|: Zur schönen Maienzeit :|

Der Kuckuck sprach: „Das kann ich!"
Und hub gleich an zu schrei'n.
|: Ich aber kann es besser! :|
|: Fiel gleich der Esel ein. :|

Das klang so schön und lieblich,
So schön von fern und nah;
|: Sie sangen alle beide :|
Kuckuck, Kuckuck, i-a, i-a!
Kuckuck, Kuckuck, i-a!

Es ist von Vorneherein schon unwahrscheinlich, dass ein Dichter mit der Schilderung eines tierischen Sängerwettstreits den mittelalterlichen Sängerwettstreit auf der Wartburg in degenerierter Form wieder aufgreift. Der Dichter selbst nennt den Gesang schon in der zweiten Strophe Schreien, was die Distanz zum Gesang zeigt. Die Streitenden stehen sinnbildlich für die Gegner in einer hochemotionalen Auseinandersetzung. Der Esel steht für den unerfahrenen, hier: bayerischen, Kleinkapitalisten, der sein erworbenes Vermögen in

Immobilien anlegte. Bei den durch windige Anlageberater in Aussicht gestellten Gewinnen schreit er vor Gier „Ich auch!", wobei er vor Aufregung in seinen Dialekt zurückfällt: „I a!"

Natürlich erwiesen sich die Gewinnerwartungen als Märchen, eben als jene literarische Form, in der der Dichter uns mit dem Geschehen konfrontiert.

Der betrogene Anleger ging pleite, es droht ihm nun die Zwangsvollstreckung durch den „Kuckuck", also durch den Gerichtsvollzieher, gerade zur „Maienzeit", der Zeit also, in der die Steuererklärungen fällig sind. Den Kleinkapitalisten veranlassen die Folgen der gescheiterten Steuermodelle, die aufgrund von Steuerhinterziehungen steuerliche Nachforderungen erheblichen Umfangs mit sich bringen, zusätzlich zu unkontrollierten Wutausbrüchen, auf die der Gerichtsvollzieher in ähnlicher Weise antwortet.

Dies als „schön und lieblich" zu bezeichnen, lässt nur den Schluss zu, dass der Zeuge dieser Auseinandersetzung mit schadenfroher Ironie reagiert, was erlaubt, ihn dem Proletariat zuzuordnen, womöglich ist er anarchistisch geprägt.

So stellt das Lied eine ironisierende, anarchistische Kritik an kleinkapitalistischem Gebaren dar, dessen Scheitern nicht ohne Häme dargestellt wird.

Häschen in der Grube

Von Hänschen Uno

Häschen in der Grube
saß und schlief.
Armes Häschen, bist du krank,
dass du nicht mehr hüpfen kannst?
Häschen hüpf!

Häschen vor dem Hunde
Hüte dich!
Hat gar einen scharfen Zahn
Packt damit mein Häschen an!
Häschen hüpf!

Schon im vordergründigen Verständnis dieses Liedes sind Sorge, Mitleid und Warnung die Motive des Singenden. Das Lied wendet sich im kindlichen Kontext an ein Häschen, das als Inbegriff des Verletzlichen gilt.

Diese emotionale Disposition muss auch die gewesen sein, die den wirklichen Tatbestand betrifft. Doch welcher ist es?

Der Schlüssel liegt in dem Wort „Grube". Im Altertum und auch noch im Mittelalter verbannte man von Seuchen infizierte Kranke in unzugängliche Gruben außerhalb der Siedlungen, um einer Seuchenepidemie vorzubeugen. In diesen Gruben lebten die Unglücklichen von den milden Gaben frommer Mitmenschen. Den Todgeweihten war es bei Todesstrafe verboten die Aussätzigengrube zu verlassen, Hunde waren darauf abgerichtet ein Entweichen zu verhindern.

Nun wird der Text verständlich: Ein frommer Mensch, wahrscheinlich eine Nonne, fragt ein „Häschen" voller Mitleid nach seinem gesundheitlichen Zustand und seiner körperlichen Verfassung, verbunden mit dem Mut machenden Ausruf „Häschen hüpf!". Die tragische Gestalt eines Kindes wurde im Kinderlied zu einem „Häschen" verniedlicht. Es fehlt auch nicht die Warnung vor den scharfen Hunden. Das wiederholte Auffordern zum Hüpfen legt den Verdacht nahe, dass die mitleidige Nonne in einer versteckten Botschaft dem Kind eine Fluchtmöglichkeit mitteilen wollte. Die zweite Zeile steht im Präteritum, so dass dieses Ereignis von der Nonne ihren Mitschwestern erzählt wird.

Es handelt sich also um einen Bericht einer Nonne von ihrer gelungenen Mithilfe bei der Flucht eines - vielleicht sogar ihres? - Kindes aus der Aussätzigengrube, ein Kind, das wahrscheinlich gar nicht infiziert war. Diese mutige humane Tat musste natürlich geheim bleiben oder zumindest in eine für die Obrigkeit nicht erkennbare Form der Mitteilung gegossen werden, mithin ins unverdächtige Kinderlied.

Verneigen wir uns, liebe Zuhörerschaft, vor dem Beispiel dieser tiefen Humanität und lassen Sie uns trotz unseres Gemütszustandes, der uns die Kehle zuzuschnüren scheint, verhalten, doch fest, diese Hymne anstimmen.

Ihr Kinderlein kommet!
Von Theophil Agnostis

1. Ihr Kinderlein, kommet, o kommet doch all'!
Zur Krippe her kommet in Betlehems Stall
und seht, was in dieser hochheiligen Nacht
der Vater im Himmel für Freude uns mach.t

2. O seht in der Krippe, im nächtlichen Stall,
seht hier bei des Lichtleins hellglänzendem Strahl,
den lieblichen Knaben, das himmlische Kind,
viel schöner und holder, als Engelein sind.

3. Da liegt es – das Kindlein – auf Heu und auf Stroh;
Maria und Josef betrachten es froh;
die redlichen Hirten knie'n betend davor,
hoch oben schwebt jubelnd der Engelein Chor.

Längst hat die historisch-kritische Forschung die naive Deutung des Liedes als Beispiel kindlich - religiöser Inbrunst dorthin verwiesen, wo sie hingehört, nämlich ins Reich der vorwissenschaftlichen Fabelbildung.

Die Forschung bietet hingegen ein überzeugendes Ergebnis einer sachgerechten Interpretation dieses Liedes. Sie deutet das Lied als das eines von bäuerlichen Viehzüchtern angeheuerten Viehbesamers, der in seinem Rucksack die Samen-Ampullen gekühlt von Stall zu Stall transportiert. Der Samen sind einem für die Viehzucht wertvollen Bullen oder Hengst abgezapft worden und der Viehbesamer führt den Samen dann auftragsgemäß Kühen oder Stuten ein.

Das Lied gilt daher als Bittgesang eines sog. Rucksackbullen.

Dieser hofft, dass alle „Kinder" kommen, deren Empfängnis er in die Wege geleitet hat. Er verspricht allen Tierkindern eine volle Krippe, Heu und Stroh, ein Lichtlein usw. Unter „Vater im Himmel" wird dann der bereits geschlachtete Bulle verstanden, der den Samen geliefert hat.

Panegyrisch wird das „Kind" als „himmlisch" apostrophiert, wobei die Wahl dieses Ausdruckes eine antizipierte Reaktion eines Feinschmeckers darstellt, dem später ein Stück des Kindes in gastronomisch vollendeter Form den Teller ziert.

Auch die Auftraggeber Josef und Maria Engelein nebst ihren Kindern sind glücklich, dass die Investition sich gelohnt hat.

Das „Kind" soll schöner sein als die „Engelein", was in dieser Übertreibung auf die prekäre wirtschaftliche Lage des Rucksackbullen hinweist, der durch Lobhudeleien das Kind herbeireden will, weil er sich einen Flop nicht leisten kann. Allerdings scheint es naheliegend, dass die Auftraggeber kein lupenreines äußeres Erscheinungsbild bieten. Es ist also wahrscheinlich, dass es sich um ehemalige Kandidaten der Sendung „Bauer sucht Frau" handelt.

Der Ort wird wohl in Ostfriesland zu suchen sein, der genannte Ort Betlehem ist eine Leerformel, womit man auf die ostfriesische Stadt Leer hinweist, deren Namensnennung man wegen der in diesem Zusammenhang negativen Bedeutung vermeiden wollte.

Der ostfriesische Rucksackbullen-Verband will durch eine Petition mit Unterschriftensammlung erreichen, dass dieses Lied als Erkennungsmelodie ihrer Berufsgruppe anerkannt wird und damit nur noch ausschließlich von ihr benutzt werden darf.

Es bleibt Ihnen, sehr geehrte Zuhörerschaft, überlassen, ob Sie dieses Anliegen unterstützen oder davon Abstand nehmen wollen.

Ein Männlein steht im Walde

Von Prokop Konstruktides

Ein Männlein steht im Walde ganz still und stumm,
Es hat von lauter Purpur ein Mäntlein um.
Sagt, wer mag das Männlein sein,
Das da steht im Wald allein
Mit dem purpurroten Mäntelein.

„Ein Männlein", mithin ein Junge oder junger Mann, „steht", also weder schwankt oder liegt er gar, ist also noch im Vollbesitz seiner Kräfte, „im Walde".

Der Wald ist in der vorromantischen Zeit eben nicht mit Heimat, Geborgenheit und Seelentröstung assoziiert, sondern mit tödlicher Gefahr, mit Aussetzungen, Verirren, Verhungern, und Räuber, Hexen und wilde Tiere machen ihn besonders unheimlich, man denke nur an „Hänsel und Gretel".

Es ist daher verständlich, dass der junge Mensch mit sprachloser Verzweiflung seiner Verlassenheit Ausdruck verleiht: „still und stumm" steht er da.

Nun erfolgt ein entscheidender Hinweis auf die Herkunft des Todgeweihten: „Es hat von lauter Purpur ein Mäntlein um." Purpur, ein den Purpurschnecken entnommener Farbstoff, war wegen seines ungeheuer hohen Preises die Farbe der Könige. Im oströmischen Kaiserreich - oder besser - im Byzantinischen Reich war der Purpurmantel das kaiserliche Zeichen der Herrschaft. Kinder, die während der Herrschaft eines Kaisers geboren wurden, erhielten die Bezeichnung „purpurgeboren" (porphyrogenetos) und wurden in der Rangfolge der Erbschaft den Kindern vorgezogen, die zwar älter waren, aber vor der Purpurzeit das Licht der Welt erblickt hatten. Das führte zu erbitterten Nachfolgekämpfen, in denen sich des Öfteren die älteren Kinder gegen die purpurgeborenen Kinder durchsetzten und sich dieser entledigten.

In diesem Falle wurde der Purpurgeborene im Wald ausgesetzt. Vielleicht hat man ihn, um seine Flucht zu verhindern, gefesselt, und, um ihm Hilferufe unmöglich zu machen, ihm die Zunge abgeschnitten und die Stimmbänder durchtrennt.

Die Frage, um welchen entmachteten Kronprätendenten es sich konkret handelt, stellt das Lied zwar, kann sie aber auch nicht beantworten. Womöglich hat ein die Zusammenhänge nicht durchschauender Jäger den Unglücklichen gefunden und äußert im Lied seine Ratlosigkeit.

So stellt das Lied ein Denkmal für einen unbekannten, rechtmäßigen Nachfolger des byzantinischen Kaisers

(Basileus) dar. Es berichtet uns von einem tragischen Schicksal, welches uns alle betroffen macht.

Um den Unglücklichen zu ehren, bitte ich um eine Gedenksekunde!

Winters Abschied

Von Beate Uhselig

Winter, ade!
Scheiden tut weh.
Aber dein Scheiden macht,
Dass jetzt mein Herze lacht.
Winter, ade!
Scheiden tut weh.

Winter, ade!
Scheiden tut weh.
Gerne vergess' ich dein,
Kannst immer ferne sein.
Winter, ade!
Scheiden tut weh.

Winter, ade!
Scheiden tut weh.
Gehst du nicht bald nach Haus,
Lacht dich der Kuckuck aus.
Winter, ade!
Scheiden tut weh.

Dieses Lied ist eigentlich nichts für Kinderohren. Es handelt sich nämlich um einen als harmloses Kinderlied getarnten Gefühlsausbruch, dessen Ursache eine sexuelle Obsession darstellt.

Hierbei geht es um die Klage einer Lesbierin, die eine intensive Beziehung zu einer Dame namens Winter gepflegt hat. In grammatikalisch etwas ungelenker Weise wird in der ersten Strophe die Freude über die sexuelle Attraktivität geäußert („das Herze lacht"). Aber die schmerzhaften Folgen ausufernder sexueller Handlungen stehen im Mittelpunkt („Scheiden tut weh!").

Die Schmerzen sind wohl so gravierend, dass die Sängerin froh ist, ihre Partnerin loszuwerden. Die Erlebnisse müssen jedoch so abstoßend gewesen sein, dass sie sogar eine „damnatio memoriae" ausspricht („Gerne vergess ich dein!"). Dabei handelt es sich um ein Mittel, dessen sich die spätrömischen Kaiser bedienten. Die verhasste Person sollte dem vollständigen Vergessen anheimfallen, daher wurde deren Name von allen Standbildern, Münzen und Urkunden getilgt. Im vorliegenden Fall mag sich die Vernichtung auf Briefe, Fotos und sonstige persönliche Erinnerungsstücke beziehen.

In der letzten Strophe wird noch mit dem Gerichtsvollzieher („Kuckuck") gedroht, was wohl das endgültige Aus der Partnerschaft signalisiert. Damit verweist der Text auf einen finanziellen Hintergrund, wahrscheinlich im Rahmen der Produktion erotischer Filme.

Ob es moralisch zu vertreten ist, die Schilderung eigener sexueller Erlebnisse in dieser Form zu tarnen, nur um ihr einen größeren Verbreitungsgrad zu sichern, mag das Publikum entscheiden.

Lyrik - Hort des deutschen Gemüts

6 Oden

Ode 1

Wirst du auch schamhaft versteckt

So bist du, Ungenannter,

Doch unübersehbar,

Ein Zeichen lustvoller Völlerei,

Ergebnis geduldiger Pflege,

Konkretisierter Wohlstand,

Manifeste Kritik an der Askese,

Vielfach geschmäht,

Meist ungeliebt vom eigenen Erzeuger,

Der Prophezeiung der eigenen Vernichtung ausgesetzt,

Bleibst du doch erhalten.

(Wampe)

Ode 2

Wie ein Vulkan in karger Samtwüste

erhebst du dich,

sprießend, reifend,

zufällig entdeckt,

durch Fingerkuppen sanft ertastet,

durch deren plötzlichen Zugriff zermalmt

und zur wohligen Explosion gebracht,

der gelben Lava schnellen Strom spendend,

trotz kurzen Schmerzes

der Ergötzung dienend.

(Eiterpickel auf der Pobacke)

Ode 3

Prächtiges

Ausladendes

Artefakt

In Spitzen sich

Auf weichem Grund

den Rundungen anschmiegend

Oft verhüllt

Oft gezeigt

Bildest du mit den Erhebungen

In unnachahmlicher Weise

Eine erotisch-modische

Natürlich-sprachliche

Einheit.

(Büstenhalter)

Ode 4

Du

Ein goldgelber Schatz

Der in den verschlungenen Pfaden

Zweier Höhlen

Wie in Bergwerken

Der Hebung harrt

Mit unnachsichtiger Strenge

Mit weißen Stäben

Ans Licht gezerrt

Achtlos weggeschleudert

Doch

Schon in den Tiefen

Entstehst du

Aufs Neue.

(Ohrenschmalz)

Ode 5

Komponiert

Für den Augenblick

Der

mit ungezählt weiteren

die unendliche Vielfalt

körperlicher Sphärenklänge gebiert,

Kaskaden des Unbewussten

Vom Komponisten nie vernommen,

und doch Thema tiefsinniger Beurteilung

durch unwillige Hörer,

die die Perfektion,

am Vorbild forstlichen Fleißes gemessen,

als besonderen Makel verdammt.

(Schnarchen)

Ode 6

Wo

Bist du hin

Zwiefacher Hain

Urtümlich-heimeliger Art

Hort des olfaktorischen Paradieses

Von der Mode schnöde geschmäht

Mit giftigen Gasen besprüht

Und

Durch frevelhafte Rodung

Verschwunden?

Doch deine Wurzeln bleiben

Und werden

In zukünftiger Zeit

Dich neu entstehen lassen

In alter Pracht.

(Achselhaare)

Lyrische Ergüsse über Essen

Abschied

Die Kumpels winken:

„Wir werden dich nie vergessen!"

Es ist schön,

das Trinken in Essen.

Happy End

In der Villa Hügel,

da stand ein alter Flügel.

Damit man ihn nicht quäle,

flog er nach Steele.

Da stand er unbeachtet rum.

„Was war ich doch dumm!

Auf dem Hügel lag mein Glück!"

Sprach´s und flog zurück.

Legende

Der Ritterschar mit vielen Pferden

gebot der Abt: „Jetzt seid mal stille!

Denn hört: Das ist mein fester Wille:

Hier soll einmal Werden werden."

Und der Abt, der aß ein Ei.

Das war die Gründung der Abt-ei.

Unerhört

Die Gattin rief bei Krupp und Bohlen:

„Alfred, bleib mir doch gestohlen!

Du bist mir zu etepetete!"

Er: „Das ist die Höhe, Margarethe!"

Essen in Essen

Es sprach der Gourmand zur Gourmandise

„Willst du hier Omelette, tue dies:

Du musst im Süden essen gehn,

dann kannst du bald ´n Ei sehn."

Schwarzgeld

Essen war Ruhrmetropole

wegen der Kohle.

Die gibt es jetzt nicht mehr.

Wo kommt die Kohle heute her?

Zurechtweisung der Mutter an die Kinder

„Können wir den Kuchen haben,

um uns göttlich dran zu laben?"

„Warum seid ihr so vermessen?

Ihr sollt erst den alten essen!"

Göttlicher Irrtum

Gott war allein im Paradies,

das fand er auf die Dauer mies.

„Mag sein, der Weg ist viel zu schwer!

Drum müssen Straßenkarten her!"

Bald war er fertig mit dem Malen

und begann vor Stolz zu strahlen.

Doch trotz der neuen Karten,

ließen Menschen auf sich warten.

Gott prüfte noch mal alles nach,

dann mit belegter Stimme sprach:

„Ach Gott, ich habe mich vermessen:

Wo´s Paradies sein soll, liegt Essen!"

Balladen vom Ganoven Paul in Essen

Lob

Ganove Paul hat in Essen

jahrelang im Bau gesessen.

Da fühlt der Paul sich wie zuhaus,

im Knast hält er es blendend aus.

Drum will er dort für immer bleiben

und auf den Knast ein Loblied schreiben:

„In Köln, da steht der Hohe Dom,

das Kolosseum steht in Rom,

Athen hat die Akropolis,

der Eiffelturm steht in Paris.

Doch all dies kann sich nicht messen

mit der JVA in Essen.

Zwar ist der Bau nur grau und schlicht.

Doch den vergisst man sicher nicht,

denn purer Luxus herrscht in ihm.

Deshalb will auch jeder hin.

Essen ist daher der Ort,

wo „Klauen gehen" gilt als Sport.

Erwischte hoffen vor Gericht,

dass man beim Urteil nicht

auf einen milden Richter stößt.

Wenn nicht, ist man wie erlöst,

denn man wird dort lange bleiben,

und sich da die Zeit vertreiben.

Nur eins wünscht hier ein Knacki nie:

für alle eine Amnestie.

Das wäre nämlich äußerst fies,

dann wär Schluss im Paradies!"

Darauf folgt in diesem Fall,

in der Krawehlstraße Krawall.

Die ganzen Knackis toben,

als sie hören Paul so loben:

„Mit dir, da rupfen wir ein Hühnchen!

Am besten wär es, dich zu lynchen!"

Seitdem will Paul schnell weg aus Essen

und hofft, sein Loblied wird vergessen.

Unerreichbar

Ganove Paul hat in Essen

sieben Jahr im Bau gesessen.

Niemals gibt es da Beschwerden,

drum kann er bald entlassen werden.

Paul beginnt sich umzusehen:

„Wo gibt´s das nächste Ding zu drehen?"

Er klaut 10 Tonnen Aspirin-

schwupp, sitzt er wieder drin.

Er sagt, warum er dieses tut:

„Essens Bau gefällt mir gut.

Da weiß ich, wo ich hingehöre,

da schätzt man noch Ganovenehre!

Nach Klopperei - als Medizin –

nehm ich ein Kilo Aspirin!"

Das Aspirin liegt, so ein Jammer,

in der Asservatenkammer.

Das ist dem Paul nun gar nicht recht.

Drum findet er jetzt Essen schlecht.

Kunststadt Essen

Kunstkenner Paul, der Ganove,

sucht erfolgreich ein paar Doofe,

die ihm ´ne Menge dafür geben,

um mit moderner Kunst zu leben.

Doch unerreichbar in Museen

kann man bewacht sie hängen sehen,

Picasso, Beuys, Warhol, Chagall –

Klauen geht nicht in dem Fall!

Drum malt der Paul jetzt irgendwas,

wovon er annimmt, dass es passt.

Gefälscht ist an den Bildern nur,

was drunter steht: die Signatur.

Paul meint: „Das ist doch nicht so wild!"

Der Richter: „Da sind Sie nicht im Bild!

Kultur verhunzen ist vermessen,

sowas woll'n wir nicht in Essen.

Das gibt sieben Jahr in Ahlen!"

Paul kann da Originale malen.

Homonyme Sprachstudien

Kurzweilig

Die Angestellten haben während des Anstellens in der Kantine die Musik angestellt.

Verdeutlichung

Bei Gericht wird das Nachstellen oft nachgestellt.

Schlecht präpariert

Das „Übersetzen über den Fluss" konnte der Schüler nicht fließend übersetzen.

Dirigentenlaune

Unstimmiges Stimmen verstimmt bestimmt.

Politikerdilettantismus

Das Abstimmen wurde nicht abgestimmt.

Dreist

Versager versagen sich wenig.

Pech

Leider war das Versprechen ein Versprecher.

Wut

Umlagen reizen in manchen Lagen zum Umlegen.

Ausnahme

Geh heim, auch wenn es geheim bleiben muss.

Peinlich

Der Priester hatte sich beim Versehen versehen.

Abgelenkt

Da der Aufpasser den Mädchen nachsah, hatte er beim Nachsehen das Nachsehen.

Zwecklos

Ergebenes Verhalten kann keinen Erfolg ergeben.

Bescheidenheit

Der Dame konnte man ihr Ansehen nicht ansehen.

Unglaubwürdig

Dass sein rapides Abnehmen der Grund für das Abnehmen seines Führerscheins war, wollte ihm keiner abnehmen.

Unordentlich

Verlegen gestand der Verleger, dass er das in seinem Verlag verlegte Buch verlegt hatte.

Gegen die Regeln

Vergeblich bat der Kartenspieler, ihm das Vergeben zu vergeben.

Ungenau

Er wollte ihm eine verpassen, verpasste ihn aber.

Geschäftstüchtig

Er versicherte ihm ihn zu versichern.

Warnung

Er hat sich in der Vergangenheit oft vergangen.

Wahrscheinlich

Es hat dem Vernehmen nach eine Vernehmung stattgefunden.

Hungrig

Beim Verputzen verputzte der Handwerker mehrere Stullen.

Unwürdig

Ein verspielter Erwachsener verspielt seine Achtung.

Endliche Reserven

Wer beim Ausgehen einen ausgeben will, muss darauf achtgeben, dass nicht durch übermäßige Ausgaben die Finanzen ausgehen.

Erwischt

Der Hotelier erklärte gegenüber der Steuerprüfung mit belegter Stimme, die Belegung der Zimmer könne er nicht belegen.

Unten durch

Beim Betreten des Raumes durch den Kandidaten herrschte betretenes Schweigen.

Unvermeidlich

Der Präsident musste wegen seines Abtretens seine Privilegien abtreten.

Uneinsichtig

Der Vater wollte seinem Sohn die Ausreden ausreden, aber der ließ ihn noch nicht mal ausreden.

Aufklärung

Der Lehrer nahm sich vor, über das Überreden zu reden.

Erschrocken

Als der Absatz stockte, stockte dem Unternehmer der Atem und er machte auf dem Absatz kehrt.

Hoffnungslos

Im Verlies verließ die Verlassenen beim Verlesen ihrer Rechte der Mut.

Kunstfehler

Das Sich-Verschreiben des sich dem Beruf verschriebenen Arztes beim Verschreiben der Medizin hatte unbeschreibliche Konsequenzen.

Schlechtes Match

Viele verschlagene Aufschläge können einem die Sprache verschlagen.

Mitschrift

Der Notar bekannte das Notieren der Bekenntnisse gerichtsnotorisch bekannter Bekannter.

Schnellleser

Überflieger überfliegen die Buchseiten.

Schwierig

Der Lehrer musste den Schülern das Beibringen ihrer Hausaufgaben erst beibringen.

Überrascht

Der Lehrer setzte die Eltern über das Benehmen ihres Kindes ins Benehmen.

Textvorschläge für die Vertonung von Moritaten

Das gebrochene Herz des Maurers

1. Als ich dich hab zuerst gesehen,
   da war´s um mich sofort geschehen.
   In meinem Kopf saust´ du herum:
   Ich baute nur noch schief und krumm!

   Refrain:
   Ich wollt´ mit dir ein Luftschloss bauen,
   doch du bist einfach abgehauen!
   Du wolltest gar nichts von mir wissen
   und hast das Traumhaus abgerissen.

2. Ich schenkte dir ein Kilo Speiß.
   Ich dachte mir, das macht dich heiß,
   und hoffte schon, ich krieg dich rum
   mit einer Baugenehmigung.
   Refrain: Ich wollt´ mit dir ein Luftschloss bauen...

3. Ich möchte dich so gern verputzen.
   Doch du willst mich nur schnöd benutzen
   als Schwarzarbeiter, gut und billig.
   Doch du bist nur bei andern willig.
   Refrain: Ich wollt´ mit dir ein Luftschloss bauen...

Die Selbstaufopferung des Heizungsinstallateurs

1.
Wenn dich als Kind wer schlagen wollte,
warst du es, die mich stets dann holte,
um dich zu retten vor Gefahr.
Das tat ich dann so manches Jahr.

Refrain:
Ich bin die Opfer-Anode
und komme bald zu Tode.
Um Schaden von dir abzuwehren,
lass ich mich schmerzvoll ganz verzehren.

2.
Später war dein Freund brutal.
Er schlug dich ein - ums andere Mal.
Ich fordert´ ihn zum Kampf heraus –
Jetzt lieg ich hier im Krankenhaus.
Refrain: Ich bin die Opfer-Anode...

3.
Doch du siehst mich nur herzlos an
und sagst „Du bist ein Wrack von Mann!
Das ist ja zum Entsetzen!
Ich muss dich bald ersetzen!"
Refrain: Ich bin die Opfer-Anode...